Christian Jolibois
Christian Heinrich

Les P'tites Poules
et l'œuf de l'Empereur

PKJ·

L'auteur

Fils caché d'une célèbre fée irlandaise et d'un crapaud d'Italie, **Christian Jolibois** est âgé aujourd'hui de 352 ans. Infatigable inventeur d'histoires, menteries et fantaisies, il a provisoirement amarré son trois-mâts, *Le Teigneux*, dans un petit village de Bourgogne, afin de se consacrer exclusivement à l'écriture. Il parle couramment le cochon, l'arbre, la rose et le poulet.

L'illustrateur

Oiseau de grand travail, racleur d'aquarelles et redoutable ébouriffeur de pinceaux, **Christian Heinrich** arpente volontiers les immenses territoires vierges de sa petite feuille blanche. Il travaille aujourd'hui à Strasbourg et rêve souvent à la mer en bavardant avec les cormorans qui font étape chez lui.

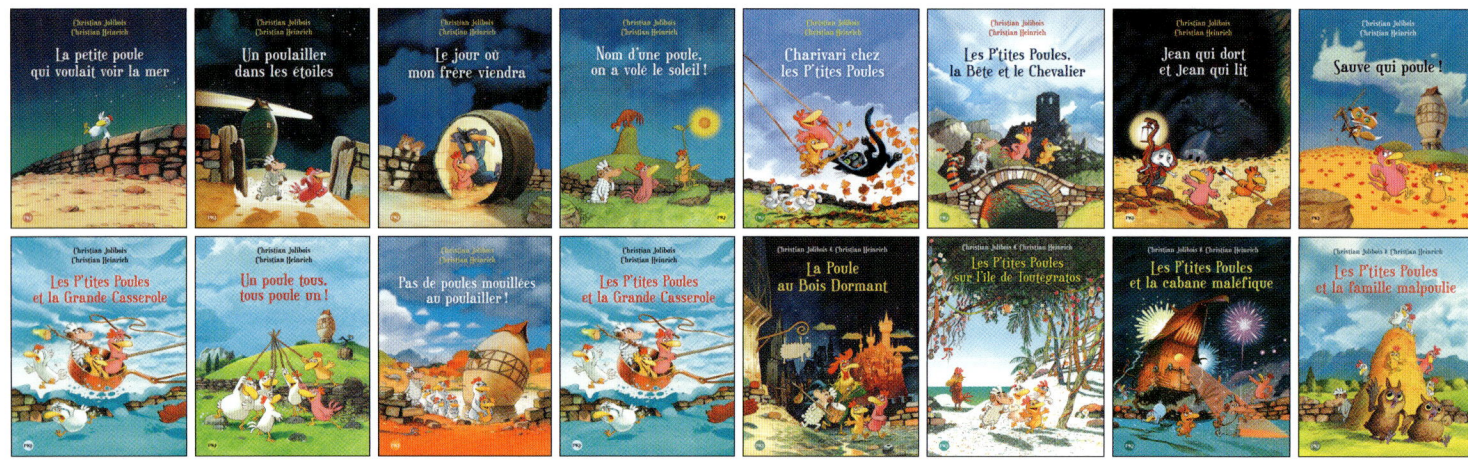

Pour en savoir plus sur nos héros et leurs auteurs, découvre le site des P'tites Poules :
www.lesptitespoules.fr
et la page Facebook de la série :
www.facebook.com/LesPetitesPoules

Loi n° 49-956 du 16 juillet 1949
sur les publications destinées à la jeunesse : octobre 2019.

© 2019, éditions Pocket Jeunesse, département d'Univers Poche.

ISBN : 978-2-266-29412-6

Achevé d'imprimer en France par Pollina, 85400 Luçon – n° 91086
Dépôt légal : octobre 2019
S29412/01

Pour Anouk,
souriante petite fée de février.

(Papy)

Pour William,
petit démêleur de gros paquets de fil.

(C. Heinrich)

Un vent léger venu de la mer s'est levé.
Les P'tites Poules profitent de l'aubaine
pour jouer au cerf-volant.
Elles ont discrètement emprunté
la chemise de nuit de la fermière
qui séchait sur la corde à linge.
Dans le précieux tissu,
Carmen, Carmélito et leurs copains
ont découpé de formidables vaisseaux des airs.
L'ami Bélino, pour que la fête soit complète,
a apporté pour le goûter
cinq de ses fameux fromages Kipu.

En riant, les garnements tirent sur les ficelles
et font monter leurs engins jusqu'au ciel.

Hélas, les parents, ces éternels empêcheurs de jouer,
viennent interrompre ce délicieux moment.
– Il faut rentrer, les enfants !
– Encore une petite minute ! C'est trop rigolo…
supplient les P'tites Poules.

Grâce au vent de plus en plus puissant
les cerfs-volants accomplissent des prouesses :
pirouettes, cabrioles, tournicoulis, tournicoulas…
Les enfants observent leurs danses folles
et s'amusent comme des fous.

Les parents s'impatientent :
— La tempête menace ! Venez vous mettre à l'abri
immédiatement !

Carmélito, Carmen, Bélino et leurs copains
continuent de jouer.
Pourquoi ?... Parce qu'ils n'entendent pas.
Voilà, c'est ça ! Pris par leur jeu, ils... ils n'entendent pas !

Désobéissants ? Oooh non !
Les enfants ne désobéissent jamais ! C'est connu.
Ils ont seulement un petit problème d'oreilles.

– Une tornade s'abat sur nous ! s'égosille Pitikok.
Vite ! Vite, mes poussins chéris !

Trop tard !
Dans un fracas épouvantable,
une bourrasque arrache le toit du poulailler
qui s'envole comme la plume au vent.

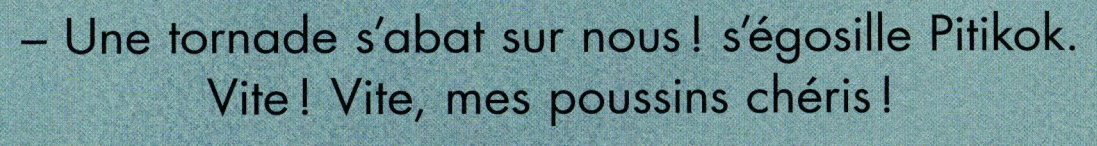

Le toit, dans sa course,
happe les cerfs-volants des enfants.
Les P'tites Poules, agrippées à leurs ficelles,
sont brutalement soulevées du sol
et entraînées vers les nuages.
– Bêêêêê…. J'veux redescendre !
hurle Bélino, mort de trouille.

Maman ! Papa ! Aidez-nous !!!

La grappe de poules volantes est emportée
au-dessus des champs, puis des collines,
et bientôt par-delà les montagnes…

Plus aucune trace d'eux dans le ciel :
Carmen, Carmélito, Coquenpâte, Nidouillet, Coquillette
et l'ami Bélino ont disparu.

Fermement accrochés à leurs cerfs-volants,
ils survolent à toute vitesse…
les toits de Paris…

Plus tard, beaucoup plus tard,
les toits des yourtes mongoles…

Et, au petit matin, grelottant de froid…

… le toit du monde !!!

Les jeunes pilotes de cerfs-volants sont épuisés.
– Le vent faiblit, les copains ! s'écrie soudain Carmélito.
Nous allons pouvoir nous poser.

– J'aperçois le cher vieux mur de notre poulailler !
dit Carmen, tout heureuse.
– **Prêts pour l'atterrissage ?** lance Coquenpâte.

Le retour au sol est un peu brutal,
mais tout le monde est sain et sauf.
Nidouillet, le poussin qui ne sait pas encore
très bien parler, cherche ses mots pour dire
qu'il est content de rentrer chez lui.

Mais… surprise ! Durant leur courte absence,
on a rehaussé le mur qui est devenu une vraie muraille…
— Eh ! La fermière a fait refaire le toit,
remarque Carmen, intriguée par sa nouvelle forme étrange.

Ces questions sont vite balayées
lorsqu'ils aperçoivent leur ami Pédro.
Pédro qui a repeint son tonneau.

— Heureux de te revoir, s'écrie Carmélito.
Carmen se précipite :
— Dans mes bras, mon Pédro !
Le vieux cormoran les fixe d'un œil ahuri.
— Mais enfin, tu ne me reconnais pas ? C'est moi, Coquenpâte…
Ma parole, il est devenu gâteux !

Les P'tites Poules sont très troublées.
– Tout ça n'est pas clair, dit Carmélito.
Le mur de la basse-cour n'est plus tout à fait le même,
le poulailler a un nouveau toit
qui ne ressemble pas vraiment à un toit…
et notre vieux copain Pédro ne nous reconnaît pas !

Bienvenue en Chine !!!

– Je m'appelle Chang ! Jackie Chang !
Quelle joie de rencontrer des étrangers !
Je serais très honoré si vous acceptiez
de venir picorer dans mon modeste poulailler.

Dans la maison de bambou de leur hôte,
les P'tites Poules racontent leurs mésaventures.
— Si je comprends bien, vous êtes venus en coup de vent ?
s'esclaffe Chang.

Les petits voyageurs découvrent le riz.
Cette savoureuse céréale qui, en Chine,
accompagne tous les plats.
Pour les P'tites Poules, aujourd'hui, c'est l'œuf au riz.

En remerciement, Bélino offre à leur hôte
un de ses fameux fromages.
– C'est une spécialité de chez nous… Vous allez adorer.

– Chang, demande Carmélito, peux-tu nous indiquer
la direction de notre poulailler ?
On aimerait rentrer à la maison, maintenant.

– Mais… vous n'y pensez pas, mes pauvres enfants !

Le vieux cormoran chinois prend la parole :
– La tempête vous a emmenés à l'autre bout du monde.
Exactement ici, dans l'Empire du Milieu.
– Et où se trouve notre poulailler ? s'inquiète Carmen.
– Là ! lui montre l'oiseau. À mille jours de marche d'ici.
Votre retour est impossible.

Vous êtes condamnés à rester en Chine pour toujours !

– Ne plus jamais revoir nos parents ?
Mais, c'est pas possible ! sanglote Coquillette.
– Plus de bisous, plus de câlins de toute la vie ?
C'est trop dur, se lamente Carmen.

– Et le pire du pire, gémit Bélino… **plus de fromage !**

C'en est trop pour les P'tites Poules :
– Pas question de rester ici ! On retourne au poulailler !

Jackie Chang comprend que rien ne les fera changer d'avis.
– Acceptez cet objet top secret, mes amis.
Un poisson-boussole en fer qui indique le sud.
Grâce à cette invention, vous trouverez toujours
la bonne direction.

Pendant ce temps,
à mille journées de marche de là…
Les parents et les copains des disparus sont soucieux.
– On a battu toute la campagne environnante.
Aucune trace des six envolés, constate Pédro le cormoran.
– Je suis terriblement inquiète, soupire Carméla.

– Carmen et Carmélito sont débrouillards, la rassure Pitikok.
Arrêtons de nous tourmenter et de yoyoter de la crête.
Je te parie que ces p'tits futés vont vite rentrer au poulailler.
Faisons-leur confiance !

En effet, partie dès l'aube,
la petite bande marche d'un bon pas quand soudain…
– Euh… Il faut prendre à gauche ou continuer tout droit ?
s'interroge Carmélito. Coquenpâte, sors le poisson-boussole !

– C'est que… je ne l'ai plus !
Cette nuit, j'ai eu une petite faim et je l'ai gobé.

– **Aaaarrrh ! Enfer et crotte de poule !!!**
Ce goinfre a avalé un poisson en fer…

Pendant ce temps, au poulailler chinois,
Chang a dégusté le fromage-cadeau de Bélino.
– Je suis malaaaade… Ils ont voulu m'empoisonner…

Sans la précieuse boussole, Carmen, Carmélito,
Coquenpâte, Bélino, Coquillette et Nidouillet
avancent au hasard dans cette immense Chine inconnue.
– J'ai peur ! dit Bélino qui claque des dents.
– Nous sommes perdus ? s'inquiète Coquillette.
– Meuh non, lui répond Carmen. Allez, courage, les copains !
Plus que neuf cent quatre-vingt-dix-neuf jours…

Alors qu'ils traversent une forêt de bambous,
un étrange équipage fonce sur eux en braillant :

Comment on freine ? Écartez-vous, tout le monde !

Le palanquin dévale la pente puis se renverse.
Un œuf d'une taille peu ordinaire est projeté dans les airs.

La dame dans le fossé hurle, épouvantée :

– L'œuf ! L'œuf ! Rattrapez l'œuf, par pitié !

C'est la nounou impériale. Elle est chargée de couver
le coco sacré, d'où sortira le fils de l'Empereur.

Carmélito se précipite,
mais la coquille roulante et trébuchante
termine sa course dans un trou.

Trop tard !

La nounou, au bord de la crise de nerfs,
laisse éclater sa colère contre les quatre porteurs :

**– Bande d'incapables ! Pandas piteux !
Zozos des bambous ! Crétins de l'Himalaya !**
À cause de vous, nous avons perdu le fils de l'Empereur.

**Pff... Sont vraiment nuls
ces nounours !**

L'œuf est tombé au fond du trou.
Il ne sera pas facile de le récupérer.

– C'est bien trop étroit pour que l'on puisse y descendre,
fait remarquer Carmélito.

– Bouhouou… Quel malheur !
sanglote la nounou désespérée.
L'Impératrice me confie la chair de sa chair de poule,
et… badaboum !
Plus aucun espoir d'avoir bientôt un héritier.
L'Empereur va me faire couper le cou… Houhouuu…

Ah ! Ce que je ne voudrais pas
être un panda, moi…

– C'est trop triste ! dit Coquillette.
On ne peut vraiment pas aider cette pauvre dame ?
– Laissez-moi réfléchir, dit Carmen.
– Inutile ! lui répond Carmélito. C'est fichu.
Tu as vu la profondeur de ce trou ?

SNIF !

Carmélito a raison. Sa sœur a beaucoup d'imagination,
mais ce n'est qu'une toute petite poulette.
Et là, pour résoudre ce problème, il faudrait… il faudrait…
– Je crois que j'ai trouvé ! s'écrie Carmen.

Tous la regardent avec de grands yeux.
– C'est très simple ! leur explique la petite poule.
« Si on ne peut pas aller à l'œuf,
c'est l'œuf qui viendra à nous ! »
Pigé ?

SUIVEZ-MOI !

– Regardez ! On va emboîter ces bambous
pour fabriquer une conduite d'eau jusqu'à la cascade…

En un rien de temps, une canalisation de fortune
est construite par les P'tites Poules et Bélino.

Chacun retient son souffle. Cela va-t-il fonctionner ?
Carmélito est à la manœuvre :
– Attention ! J'envoie l'eau !

Youpiiiiii ! Ça marche !

« Un œuf couvé, ça flotte. » Tout le monde sait ça !
On apprend ce truc alors qu'on n'est encore qu'un poussin.
Carmen s'en est souvenue au bon moment, c'est tout.

Commence alors l'opération « Sauvez Coco ».
Sous les yeux fascinés de la nounou,
au fur et à mesure que le trou se remplit d'eau,
lentement mais sûrement, l'œuf remonte à la surface.

— Mes poussins ! Vous avez sauvé le fils de l'Empereur,
glousse la Couveuse au comble du bonheur,
en enveloppant les étrangers de ses ailes.
Puis elle donne le signal du départ :
— Porteurs ? Porteurs ?!?

Les quatre pandas ne répondent pas à l'appel.
Et pour cause ! Ils sont incapables de reprendre la route,
atteints d'un mystérieux mal de ventre.

– BOBO... CACAAA... VOMIR...

– C'est bizarre !
J'étais certain qu'il me restait
quatre fromages...

– Comment rentrer au poulailler impérial sans porteurs ?
se lamente la nourrice.
Les P'tites Poules ne peuvent abandonner cette dame au désespoir.
– Si vous voulez, on prendra la place
de vos pov' pandas indisposés, propose Coquenpâte.

Après plusieurs jours de marche,
le palanquin, la Couveuse et son œuf très précieux
parviennent en vue du Poulailler Interdit.
Ils s'avancent dans la haie d'honneur
formée par les fameux canards laquais.

Sans attendre, l'Empereur se précipite sur le futur héritier
et le cajole affectueusement :
– Mon petit coco ! Mon prince ! Mon titi ! Mon tout-petit !
Comme tu m'as manqué…

En écoutant le récit du sauvetage de sa progéniture chérie,
l'Empereur, très ému, laisse échapper une larme.
– Mademoiselle Carmen… Gentil mouton… Chers amis…
Que le récit de votre prouesse et de votre vaillance
se répande dans toute la Chine !
Je gage que cette histoire deviendra légende.
Dans mille ans, on parlera encore des P'tites Poules !

Puis il ordonne :
– Couvrez d'or ces héros, de la crête aux pieds !

CLAC !

Mais les P'tites Poules n'ont que faire d'un tas d'or.
Ce qu'elles désirent, c'est revoir leur cher poulailler !
– Monsieur l'Empereur, confie Carmélito,
nous essayons de faire comme si nous n'avions pas peur.
On s'encourage, on se soutient !
Mais la nuit, seuls dans le noir, on a la chair de poule.

– Jamais !... Jamais nous n'aurons la force de marcher
durant des mois, ajoute sa petite sœur.
On n'est que des enfants...
Et nos parents nous manquent terriblement.

– Carmen a raison, sanglote Coquillette.
On veut retrouver nos pères et mères, et vite !
Privés de leur amour, de leurs conseils,
on se sent bien seuls et bien démunis.

CROUIIIK-
CROUIIIK !

– Quelqu'un pourrait vous aider, leur dit l'Empereur :

le Dragon des Brouillards !

Hélas, il a un caractère de cochon.
Il ne s'adresse qu'aux créatures les plus extraordinaires :
Lapin-Tigre, Rat-Singe ou Serpent-Cheval…
Même moi, l'Empereur, il m'ignore !
Pensez donc… de modestes poulets…

Pour faciliter leur retour, l'Empereur met à leur disposition
sa jonque personnelle.
Ainsi, ils pourront se déplacer plus vite.
Il leur fait aussi cadeau d'une invention encore secrète.
Une très rare et très précieuse fiole d'encre de Chine.
— Mon œuf et moi vous souhaitons : **Bonne chance !**

Jour après jour, la jonque impériale poussée
par des vents favorables file sur le grand fleuve.
Tout le monde est à son poste. Carmélito tient fermement la barre.
— Le brouillard descend ! Il faut s'arrêter ! s'affole soudain Bélino.
On pourrait heurter un rocher…

– Coquenpâte, ordonne Carmen, jette l'ancre !
Le gros poulet a un moment d'hésitation.
– Le brouillard se rapproche ! Jette l'ancre, je te dis !
– Je ne comprends pas bien pourquoi, marmonne Coquenpâte,
mais bon. On me dit de jeter l'encre, moi je jette l'encre…

PLOUF !

– Mais ?... Mais ?... Tu as jeté l'encre ?
s'emporte Carmélito.
– Aaaah ! Faudrait savoir, hein ?
éclate Coquenpâte.

– Comment ?... Oui, bon, ça va, ça va !
Je vais vous la récupérer, votre encre à la noix !

BLOUP !
BLOUP !

Ce que ne peut pas savoir Coquenpâte, c'est que le bouchon de la fiole a sauté et que l'encre noire s'est répandue dans l'eau. Aussi, lorsqu'il remonte à bord, tout le monde se tire-bouchonne.

– Quoi ? Qu'est-ce qu'il y a ? Qu'est-ce que j'ai encore fait ?
– Le noir te va si bien… pouffe Carmen. Hi ! hi ! hi !
– Pas de chance ! Pour lui, c'est la série noire !
hurle Carmélito, plié en deux.
– Hi ! hi ! hi ! Z'avez vu sa tête, s'esclaffe Coquillette.
C'est notre bête noire ! Hou ! hou ! Ne me faites plus rire…
Pitié… J'vais mourir !

Brusquement deux baguettes jaillissent de la brume
et s'emparent d'eux.

**Aïe... Aïe...
Au secours !...**

Celui qui vient de les extraire brutalement de la jonque
s'adresse à Coquenpâte d'une voix chaleureuse :

– Un Poulet-Panda ! Je n'en avais encore jamais vu...

Magnifique ! Admirable ! Un chef-d'œuvre !
D'où viens-tu, splendide et surprenante créature ?

– Hein ?...
Qu'est-ce qu'y dit ?

– Salut, beauté ! Je suis le Dragon des Brouillards.
J'ai pour habitude de réaliser les vœux des êtres extraordinaires
que le destin a placés sur ma route.
Poulet-Panda, formule ton souhait, même le plus fou,
et je l'exaucerai !

Le gros poulet, flatté, glisse dans l'oreille du dragon
son souhait le plus cher.

Puis il rejoint ses copains qui attendent, le cœur plein d'espoir.
– Alors ?... Que lui as-tu demandé ?

– **Des bisous ? Des bisous ?!!**
Mais t'es complètement maboul !

– Des bisous de nos parents qui nous manquent beaucoup.
Et donc… de nous ramener au poulailler.

Le Dragon des Brouillards, trop heureux de leur rendre service,
les invite à prendre place dans une jarre.
– Accrochez-vous les amis et n'ayez pas peur !
Et les voilà propulsés à une vitesse
dragosupersonique…

Juste pour le plaisir, il fait un petit crochet
afin que les P'tites Poules contemplent la lune de plus près…
– Ooooooh !!!

– Poulailler en vue ! annonce le dragon.
J'espère que vous avez fait un excellent vol en ma compagnie.
Température au sol : vingt degrés. Atterrissage imminent !

– **Merci, Débrouillard…!**
lui crient les enfants.

C'est Carméla qui, la première, aperçoit les enfants
suspendus à leur cerf-volant géant.
– Venez tous ! Regardez ! Nos chers petits sont de retour !
Ils sont vivants ! Ils sont vivants !

On serre les revenants contre son cœur.
On les enlace, on les embrasse, on les cajole, on les câline,
on les dorlote, on les bisouille, on les papouille…
C'est le bonheur retrouvé, au poulailler.
– Maman, c'est moi, Nidouillet…
– Ôôôô… Il parle !!!

Bangcoq, Coqueluche, Coqsix et Monocoq
ont du mal à reconnaître leur copain Coquenpâte.
– Qu'est-ce qu'elle a ta tête ? On dirait une tête de…
– Je sais, je sais… se rengorge le gros poulet.
Ce n'est pas pour me vanter, mais en Chine je suis une star.

Le soir venu, tout le poulailler exige qu'ils racontent leur voyage.
Et il ne faudra pas moins de trois jours et trois nuits
à nos héros pour conter l'extravagante affaire de…
… l'œuf de l'Empereur.

Au même moment, dans l'Empire du Milieu,
les plus grands médecins sont réunis
autour d'un fromage oublié par Bélino.
– Étrange chose ! Ça pue… C'est coulant…
et y a des p'tites bêtes dedans !
Qu'est-ce que ça peut être ???